U0117059

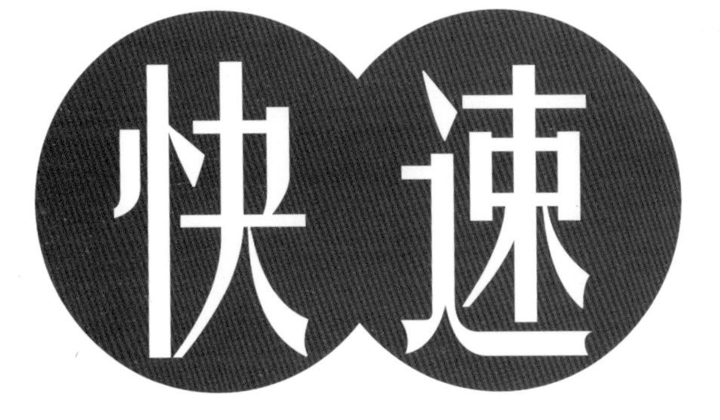

快速学食雕

面塑造型

主编 张卫新

上海科学技术文献出版社

图书在版编目（CIP）数据

快速学食雕．面塑造型／张卫新主编．—上海：上海科学技术文献出版社，2010.1
ISBN 978-7-5439-4035-2

Ⅰ．快…　Ⅱ．张…　Ⅲ．面食-装饰雕塑　Ⅳ．TS972.114

中国版本图书馆 CIP 数据核字（2009）第 123538 号

策划编辑：百　辛
责任编辑：陈宁宁
封面设计：夏　清

食品雕刻教与学
面塑造型
张卫新　主编

上海科学技术文献出版社出版发行
（上海市长乐路 746 号　邮政编码 200040）
全国新华书店经销
上海书刊印刷有限公司印刷

开本 787×1092　1/16　印张 4.5
2010 年 1 月第 1 版　2010 年 1 月第 1 次印刷
ISBN 978-7-5439-4035-2
定价：25.00 元
http://www.sstlp.com

主　编：张卫新

特邀顾问：

张小健（劳动和社会保障部副部长）

姜　习（世界中国烹饪联合会会长、中国烹饪协会名誉会长）

张世尧（中国烹饪协会会长）

于法鸣（劳动和社会保障部培训就业司司长）

王家根（世界中国烹饪联合会秘书长）

臧春祥（劳动和社会保障部服务局培训学校校长）

侯玉瑞（劳动和社会保障部教培中心技能培训处处长）

李京平（商务部商业改革发展司服务发展处）

阎　宇（中国烹饪协会副会长）

张文彦（中国美食药膳杂志社社长）

张　军（中国饭店协会会长助理）

张桐林（北京工贸技师学院副院长）

罗远琪（北京烹饪协会秘书长）

技术指导：

王文桥　王义均　王仁兴　马　静　冯志伟　李玉芬　李瑞芬

杜广贝　周　锦　崔玉芬　刘宗新　刘国云　吴小雨　吴敬华

郭文彬　张文海　张志广　张铁元　张　蓉　胡传军　董玉昆

潘洪亮　曹广全　曹凤英　王步洲

食品雕刻：北京紫禁城皇宫美食（食品雕刻）设计制作工作室

主任：张卫新

委员：卢　岩　朱　珊　杨　深　杨严科　于庆祥

图片摄影：张卫新

插图绘制：张卫新

研習食雕技藝
弘揚中華美食

姜習
二〇〇四年二月

姜习　世界中国烹饪联合会会长、中国烹饪协会名誉会长

食品雕刻藝術
中華烹飪瑰寶

張世堯
二〇〇四年二月

张世尧　中国烹饪协会会长

序

食品雕刻是以蔬菜瓜果等硬性原料和面、糖、黄油等软性食品原料为对象，借助食品刻刀、面塑刀、油塑刀、冰雕刀等雕刻工具，运用切、削、旋、挖、镂等雕刻和揉、搓、贴、压、捏等塑造技法，对食品原料自身进行一定艺术造型的一种烹饪活动。它把烹饪和艺术有机地结合起来，使烹饪作品在具有食用性的同时，又具有艺术观赏性，是我国雕塑艺苑的一朵奇葩。

《快速学食雕》丛书——《花卉造型》、《禽鸟造型》、《哺乳动物造型》、《人物造型》、《龙凤造型》、《面塑造型》出版了，这是我单位青年烹饪教师张卫新同志继《中国宴会食品雕刻》一书后的又一力作。多年来他刻苦钻研、积极进取、不断创新，在中式烹饪尤其是食品雕刻领域取得了可喜的成就，在全国及省市级比赛中多次获奖，出版了多本烹饪书籍，其作品被多家报刊杂志发表，并接受中央电视台专访。授课之余还常被邀请到长城饭店、北京全聚德烤鸭店等多家宾馆饭店设计制作大型宴会展台，获得一致好评。

《快速学食雕》丛书主要具有以下特点：

一、意识超前、思想领先。丛书体现了作者对食品雕刻的新认知、新感触，相信它会把读者领入食品雕刻艺术的新境界。作者对烹饪、民俗、工艺美术、食品原料、历史地理、建筑设计等方面的知识进行了不懈地钻研和探索，并不断地开拓和创新，其刀法精炼、技法娴熟，雕刻作品构思巧妙、造型生动、富有灵气和创意，常有与众不同处。

二、形式新颖，内容详尽。丛书在内容和形式上独具匠心，另辟蹊径，它将花卉、禽鸟、人物、哺乳动物、龙凤、面塑等众多题材分列开来，独自成册，进行了较为详尽的阐述。作者不辞辛苦，历时五年，用料三万余斤，亲自雕刻并拍摄近千件食雕作品，对主要作品的制作过程还做了图示讲解，直观形象，简便易学。另外，丛书对食雕原有题材进行了大胆创新，融进并增加了大量极富时代气息的新题材，如纤夫的爱、喜迎奥运、世界杯畅想、相聚 2008 等。

三、技法独特、造型巧妙。书中除了讲述戳刀法、旋刀法、直刀法、揉搓法、挤压法等常规刀法外，还着重讲述了划刻法、镂雕法、抖刀法、包裹法、填充法等新技法，这些技法简单易学、实用性强、便于操作，能使读者更快更好地掌握和运用食品雕刻技艺。书中既有按刀具技法的雕刻作品，又有依原料自身形态雕刻的作品，做到了零雕整装、立体整雕的灵活运用，造型极富变化，并对采用不同原料和技术而出现的不同雕刻效果进行了比较说明。

在此，我愿向广大读者推荐《快速学食雕》丛书，希望它能成为读者的良师益友，同时也希望能在更多的烹饪培训院校中得到推广应用。

劳动和社会保障部培训就业司司长

于法鸣

目 录

面塑工具及辅料

如图所示，4、5为面塑雕刀，俗称拨子，一般选用牛角、有机玻璃、竹木等长片状材料制作而成，一端为尖状，另一端为圆弧或长弧形。其长弧一端主要用于对服饰的切、割、压；尖的一端主要用于对眼角和嘴的扎、挑、剔以及对花草的拨、划等。

6为磙子，制作材料同上，为一端圆、一端尖的长锥状，其圆端用于推、挤、搌、压半圆形衣纹和面部表情；尖端用于对眼珠、鼻孔等细小部位的挑压。

7为磙轴，长圆柱形，主要用于碾压风带等薄片。

3为剪刀，用于服饰、花卉、手指的剪制。

8为镊子，用于镊取、镶嵌小型面塑坯料。

10为竹签，俗称手棍，用于对面塑作品的支撑。

1为小木梳，用于磙压制作佛珠、项链、斗笠、铠甲、竹篓等饰物。

9为毛笔，用于面塑人物脸部着色或对整个作品上光。

2为花戳，金属薄片卷制成具有祥云、浪花、火焰等形状的小戳或在其它材质上写有福、禄、寿、喜等字样的印戳。

压板，用正方形或长方形有机玻璃板制成，用于花瓣、树叶和服饰的压制。

蛋清（鱼胶），用于对面塑作品的上光。

手油，蜂蜡与食用油按1∶8混合，防止粘手。

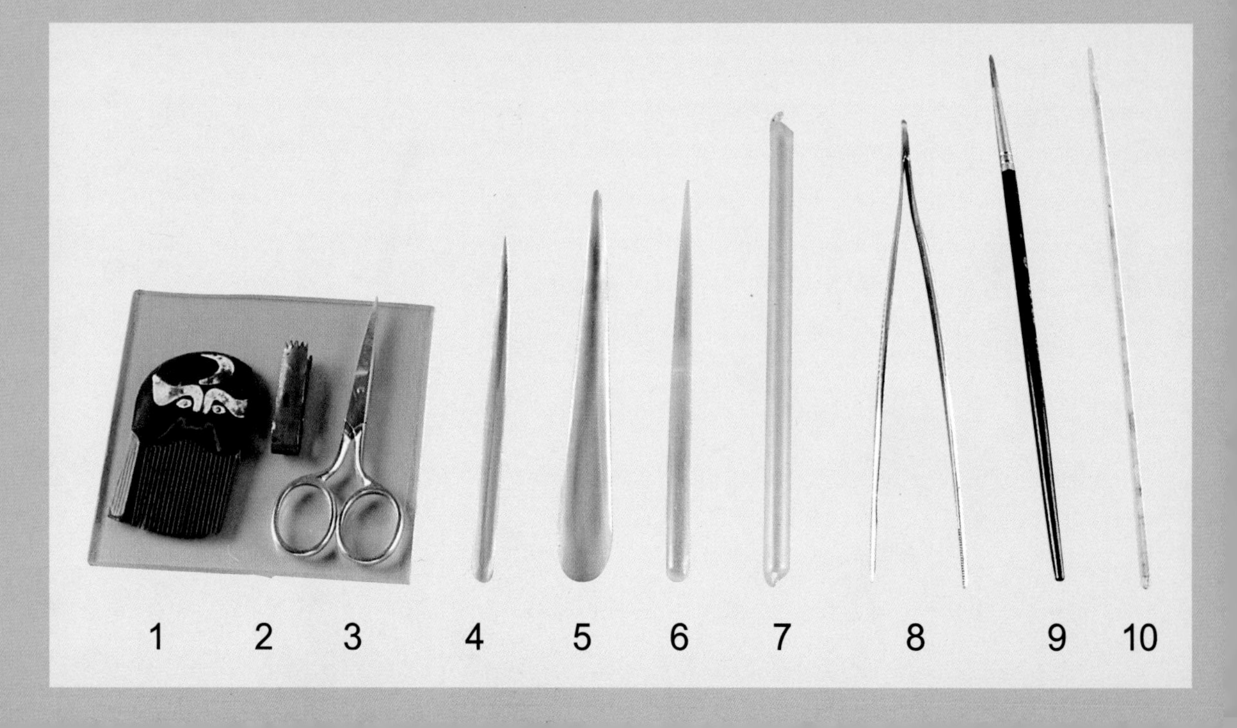

第一章　面塑基础知识

面塑，俗称捏面人，是以面团为原料，运用双手或借助面塑工具，施以捏、挤、压、贴、剪、镶、挑等面塑技法，制作成具有一定艺术造型和创作思想的雕塑作品。面塑源于盛唐，发展于明清，是极具中国地方民族特色的传统手工工艺，具有原料易得、制作简便、容易成形、造型逼真、容易保存、实用性强等特点。面塑的制作有学院派和民间派两种，本书主要从烹饪学的角度对其进行简单介绍。

第一节　面塑技法

揉：将大块面团放于面板，用双手反复搓压，使面团滋润的技法，或将小块面团放于左手掌心，用右手手掌或单一手指指肚紧附于面团表面，均匀用力作同心圆运动，使面团成为圆球（珠）的技法。

搓：将面团放在左手掌心，双手合拢或用右手单一手指紧贴面团，均匀用力前后运动，使面团成为粗条状的技法。

延：将搓好的粗条状面团放于左手掌心，右手中指和食指紧附于粗条中间，前后搓动，同时两手指逐渐向两边分开，使面团由粗条变为细条的技法。

搌：将面团放于左手掌心，右手大拇指紧附表面，向前用力按压，使之成为薄片状的技法。

拨：将搌压成薄片的面料，用面塑刀反复刮、划，使面片成为团簇状花草的技法。

卷：将片状面团有规律地团在一起，或将长条状、管状、丝状（菊花花瓣）弯曲成形的技法。

挑：用面塑雕刀上下轻轻运动塑造成形的技法（如眼睛、鼻子的塑造）。

嵌：将小面团嵌入较大面团内部的技法（如眼珠的塑造）。

贴：将小面团粘于较大面团表面的技法（如眉毛的塑造）。

压：用压板或手掌将面团压成各种规格薄片的技法，或用碗子粗端挤按眼窝、嘴角的技法。

裹：用一种薄片状面团给另一种球形或其它形状面团"穿衣"的技法。

剪：将压成片状或包裹成球状的面团用剪刀塑造成形的技法。

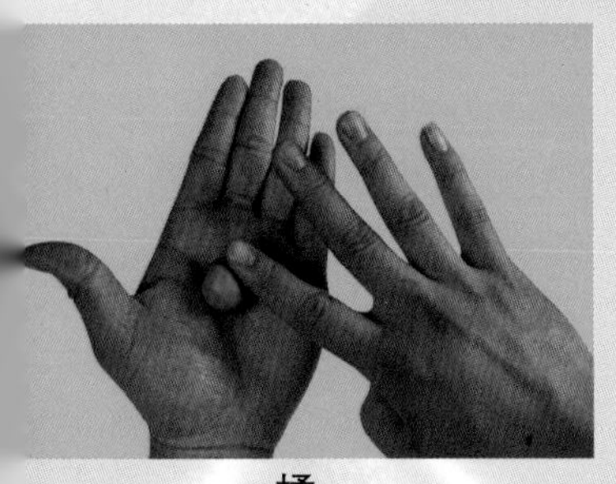

揉

搓

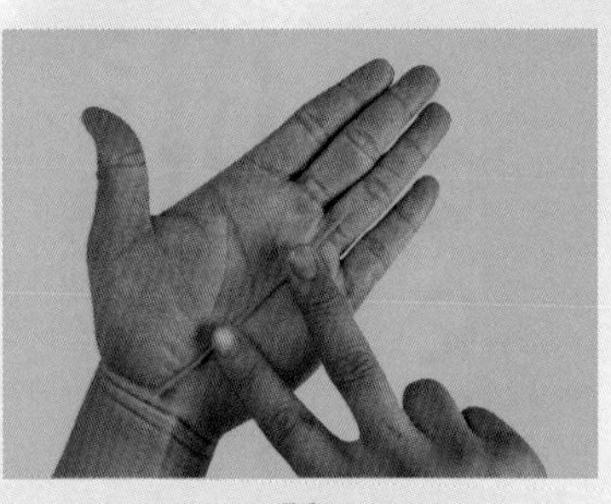

延

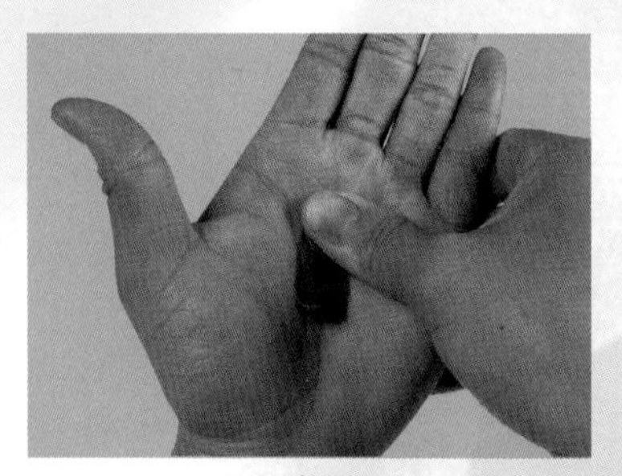

搌

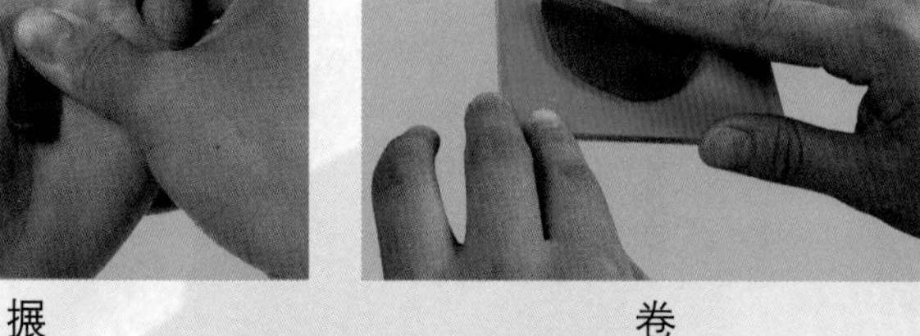

卷

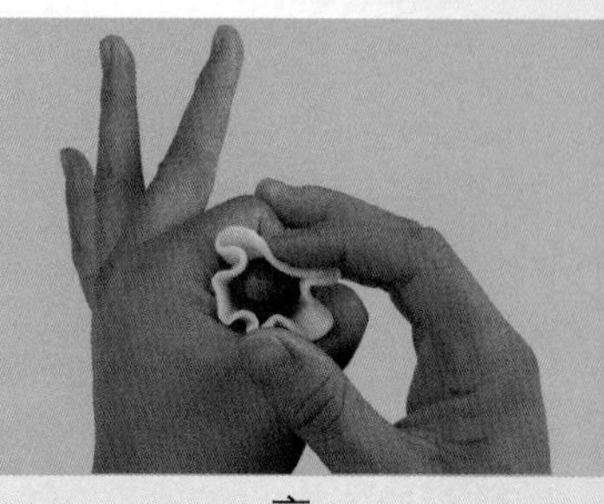

裹

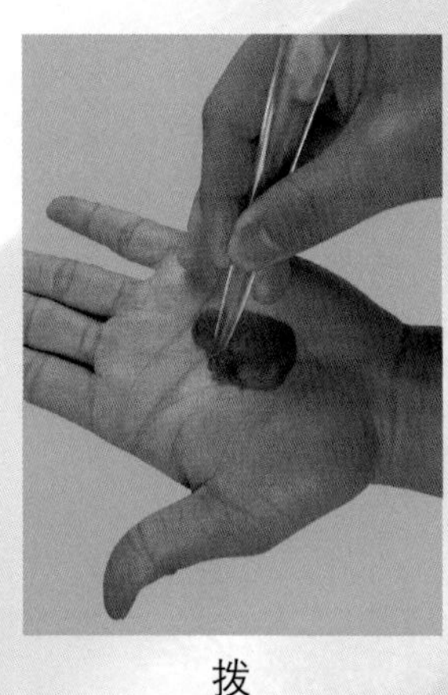

拨

剪

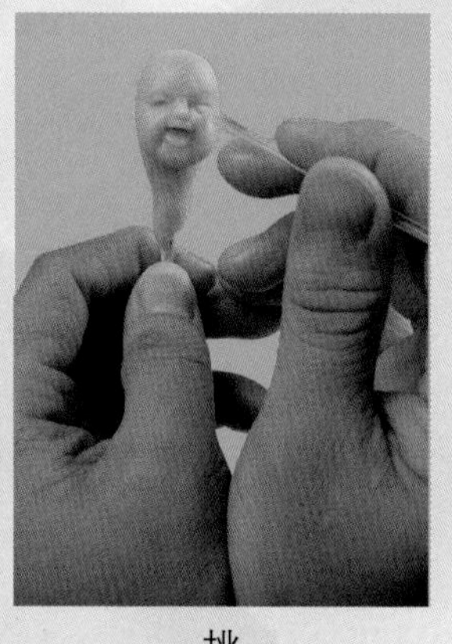

挑

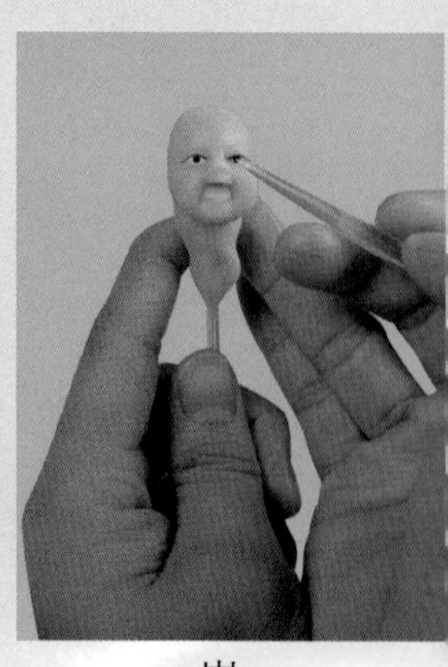

嵌

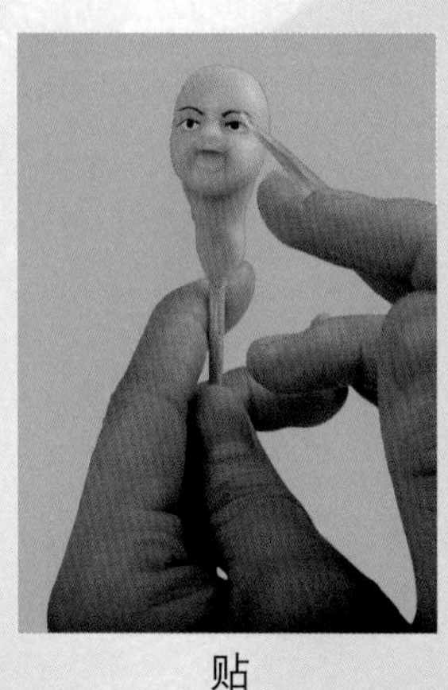

贴

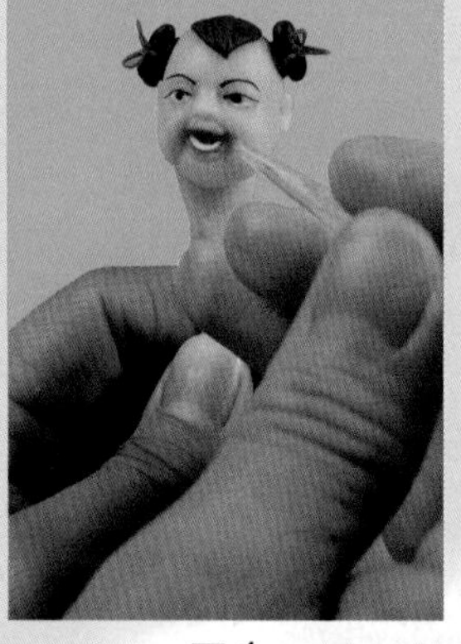

压 1

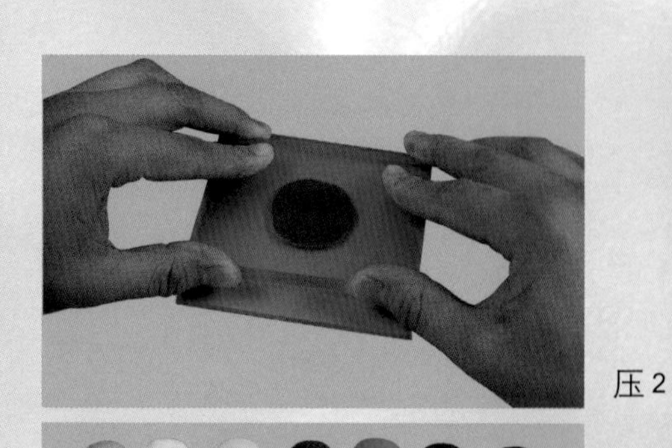

压 2

面团调色与放置

第二节　面团配制

面塑所用面团的配制有工艺配方和食用配方两种，我们一般以食用配方为主。

1. 面团原料的配比

配方一：澄面 500 克、精盐 30 克、色拉油 50 克、开水 300 克、食用色素适量。

配方二：富强粉 500 克、汤圆粉 200 克、精盐 40 克、蜂蜜 50 克、色拉油 60 克、开水 400 克、食用色素适量。

2. 面团的制作

配方一：先将澄面和精盐混合均匀，倒入开水烫面，待面饧好，倒入油，揉搓滋润，加入色素，调制成所需的彩色面团，用保鲜袋包好备用。

配方二：先将富强粉、汤圆粉和精盐混合均匀，倒入开水烫面，再将其制成3厘米厚的面片，入锅蒸或煮30分钟，取出，加入蜂蜜、色拉油、食用色素，揉搓滋润，用保鲜袋包好备用。

3．面团的特点

配方一：质感强，光洁度好，但可塑性稍差，容易干裂，适用于各类花卉、蔬菜、瓜果等造型的塑造。

配方二：质感和光洁度稍差，但可塑性极强，不易干裂，适用于禽鸟、哺乳动物、人物等造型的塑造。

4．面团的调色

⑴民间工艺面塑主要突出艺术欣赏性，要求保存时间较长，一般选用色彩稳定但不能食用的国画色或油画色进行调色；烹饪面塑主要突出食用性，艺术欣赏性次之，一般采用食用色素中的天然色素（动物、植物、微生物色素）和人工合成色素。

①天然色素主要有：叶绿素（绿菜汁）、红曲色素、玫瑰红、焦糖色、胡萝卜素（橙红、橙黄）、姜黄粉、玉米黄、红花黄色素、辣椒色素（红、黄）、甜菜红色素、紫草色素（蓝）。

②人工合成色素有：苋菜红、胭脂红、柠檬黄、日落黄、靛蓝等，要根据食品卫生法相关规定，限量使用。

⑵面塑中经常应用的面团有：本色面团、白色面团、黑色面团、桃红色面团、大红色面团、橙黄色面团、深蓝色面团、肤色面团（由朱红、黄色、白色面团调和而成）。

⑶面团调色

将大块本色面团分成若干小面团，将小块面团搌压成长宽比为6∶1的厚片，将所需色素均匀涂抹于厚片中间，将厚面片卷成筒状，将圆筒状面团拧成麻花状，揉搓均匀。

注：①添加色素时应少量多次加入，以防色泽过浓。

②为便于塑造，彩色面团一般按本色、白色、黄色、红色、绿色、蓝色、黑色由浅到深、由暖到冷的顺序摆放，并留有一定间隙，以防串色。

③烹饪中面塑面团的用量应根据塑造作品的多少及使用时间的长短酌情调制，并将其置于保鲜袋内，入冰箱冷藏，一般可使用一周左右。传统工艺面塑因为加入苯酚等防腐剂，可提前一周到半月调制，用保鲜袋常温保存。

第三节　面塑应用

1．小型面塑作品可以用于对某些菜肴或面点的点缀和装饰。

2．二维平面面贴作品可以和冷荤拼摆一样作为看盘应用，三维大型立体面塑可以和食雕看盘一样应用于各种主题宴会。

3．面塑花卉、人物、禽鸟、哺乳动物等各种组合造型还可以制作各种大型展台。

第四节　面塑技法的学习

1．美学知识　了解、掌握相应的工笔、素描、色彩、透视、构图等美术知识，是学好面塑技艺的根本保障。

2．民俗知识　熟知和掌握我国各民族与福、禄、寿、喜等相关的生活习俗、礼仪知识，是进行面塑作品创作的生命源泉。

3．烹饪知识　熟知每一道菜点的色、香、味、形、质、器、意及各种主题宴会的性质，是使面塑作品能够和烹饪活动有机结合的必备条件。

4．吃苦创新　学习面塑技艺不仅要刻苦钻研、勤奋学习，还要打破常规，勇于创新，这样才能创作出具有鲜明个性和生命力的好作品。

第二章　面塑造型制作图解

第一节　花卉造型塑造

花卉果蔬雕刻大多从花冠最外层开始，逐层向内雕刻花瓣，直至花蕊，属于减料雕刻；花卉面塑一般则从中心花蕊开始，由内向外添加花瓣，属于加料塑造；这也表明雕刻和雕塑在对相同题材进行艺术造型时制作步骤和技法的不同。面塑花卉的关键是了解和掌握花卉的造型特征：花卉由花头、叶子、枝干构成，我们主要是对花头进行塑造，花头由花瓣、花蕊、花托等组成，花头的形状有球形（大丽花）、碟形（梅花）、筒形（喇叭花）及不规则形等；花瓣的形状有圆形（月季、玫瑰、茶花等）、尖形（荷花、百合、令箭、昙花）、舌形（金盏菊、大丽花）、缺裂形（牡丹、芍药）、椭圆形（玉兰、郁金香）、丝筒形（各类菊花）、异形（马蹄莲、牵牛花），花蕊的形状以梅花式、荷花式、牡丹式、百合式、郁金香式为典型代表。（具体图示请参阅《食品雕刻教与学—花卉雕刻》）通过对上述知识的掌握，我们便能够把所要塑造的花卉进行区分，从而又快又好地塑造出造型逼真、千姿百态的作品。

马蹄莲

原料：黄色、白色面团
工具：竹签、压板
技法：搓、压、捏
步骤：（如图）

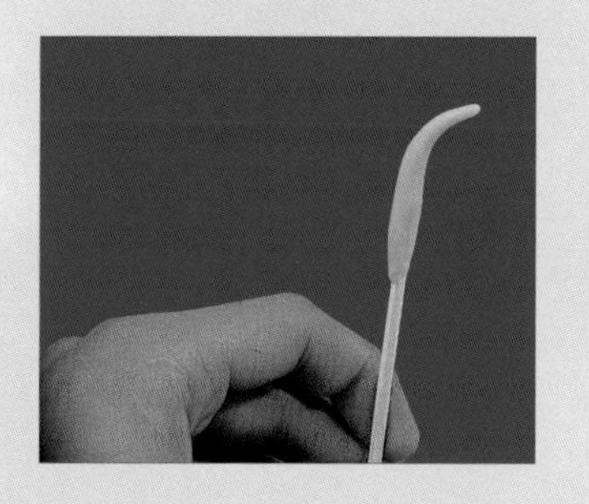

1.将黄色面团搓捏成马蹄莲花蕊。

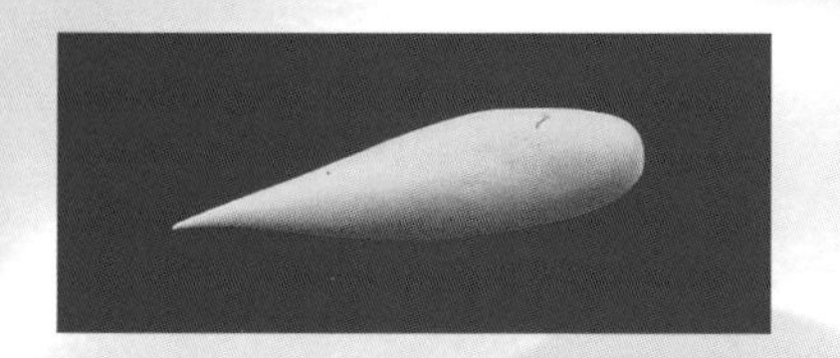

2.取白色面团搓成一头尖一头圆的橄榄形。

3.将白色面团压成桃心形薄片。

4.用白色薄片包裹黄色花蕊。

5.将花边翻卷造型。

马到成功

料：红色、黄色、白色面团
具：竹签、压板、拨子
法：搓、捏、压、镶、贴、捩等
骤：（如图）

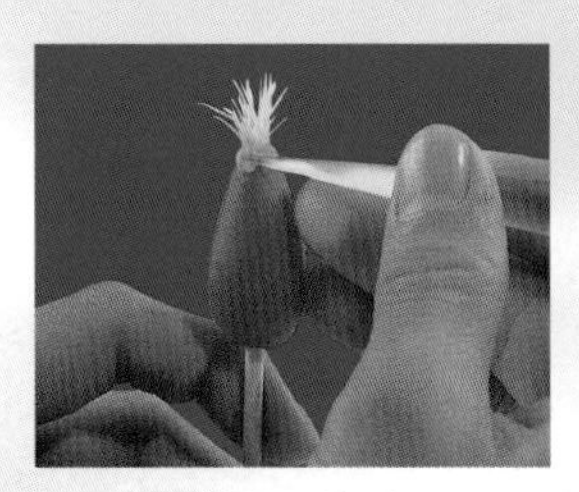
1.将黄色花蕊镶贴于花托上。

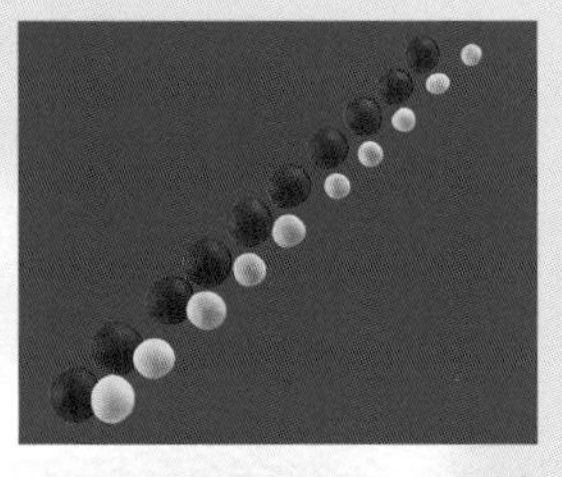
2.将红色和白色面团各搓成 10 个大小不等的小球（红球比白球大 3 倍）。

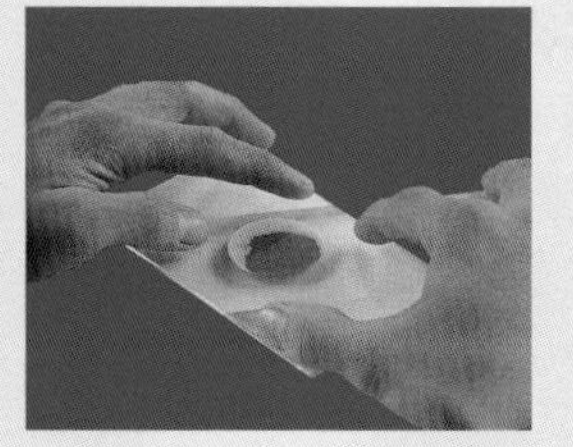
3.将最小的红色和白色小球重叠放置，压成边端白、中间红的圆形大片。

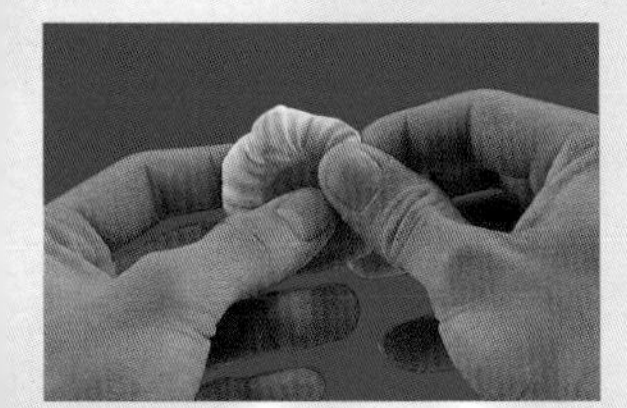
4.将大片捩捏成皱折状的花瓣。

5.将花瓣包裹于花托上。

6.重复以上步骤，相互叠压地塑出其它花瓣。

菊花

春光长寿

原料：红色、黄色面团
工具：拨子、压板、竹签
技法：搓、压、贴、镶等
步骤：（如图）

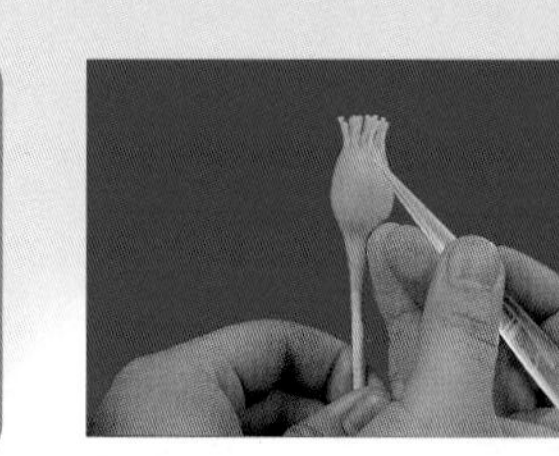

1.取黄色面团塑出花托和花蕊。

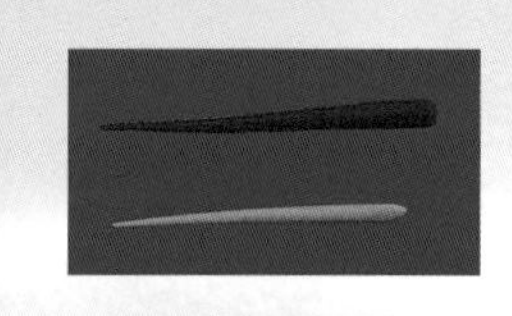

2.取红、黄色面团各一小块（红色为黄色的3倍）搓成长条备用。

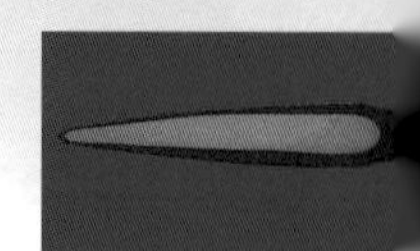

3.将黄色面团放置红色面团中间，用板压出红、黄相间菊花花瓣。

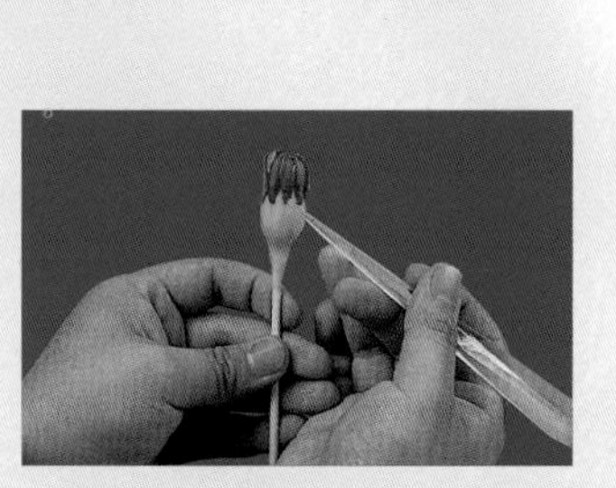

4.镶贴出最内层花瓣。

5.塑出中间两层花瓣。

6.塑出外边三层花瓣，并将花翻卷。

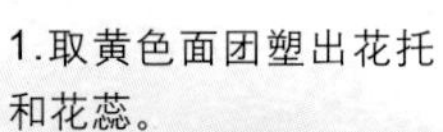

原料: 红色、黄色、绿色、白色面团
工具: 压板、剪刀
技法: 搓、压、捏、剪等
步骤: (如图)

1.先将红色、黄色、白色面团搓成圆球，再将黄色圆球压扁。

2.将红色面团嵌入黄色面团顶部，把白色面团压成薄片。

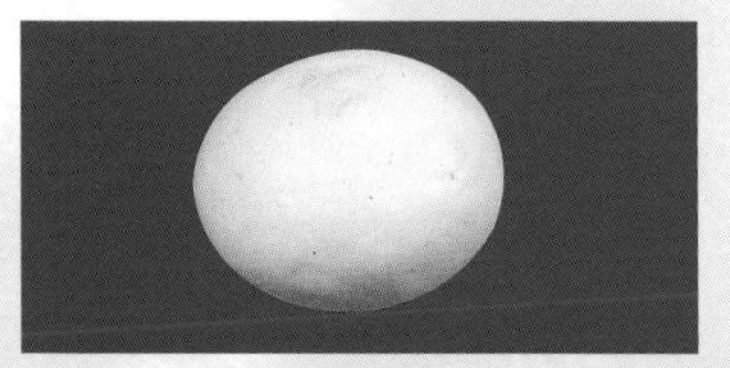
3.将白色面团均匀包裹于黄色面团外层。

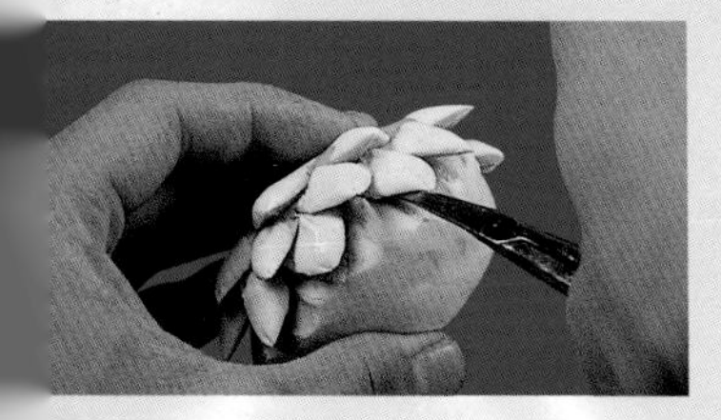
.剪刀外倾，错落有序地剪出外边几层花瓣。

5.剪刀内倾，剪出中间几层花瓣。

6.用剪刀尖端剪出内层花瓣。

月季

五彩缤纷

原料：红色、黄色面团
工具：拨子、压板、竹签
技法：搓、压、贴、镶等
步骤：（如图）

1.用红色面团做出花托。

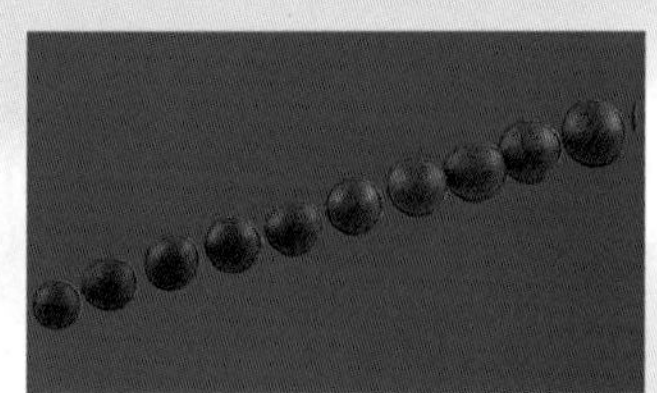

2.用红色面团搓成大小不等的圆球。

3.用压板将圆球压成椭圆形的瓣。

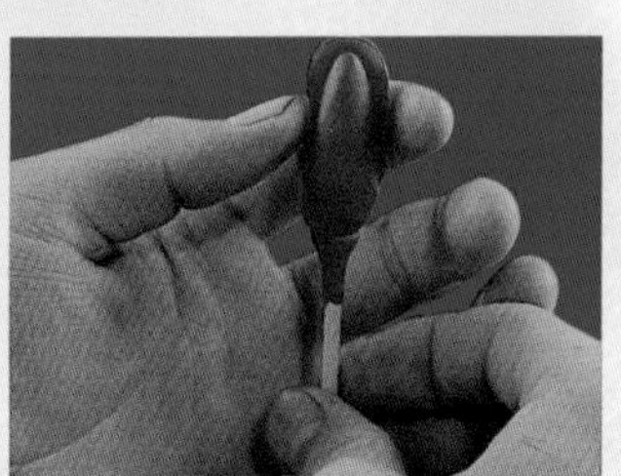

4.将压好的第一枚花瓣包裹于花托上。

5.同法塑出相互叠压的第二至第八片花瓣。

6.将第九至第十二片花瓣塑好，然后把黄色花蕊镶于中心。

荷塘夜色

原料：红色、黄色、绿色、白色面团
工具：压板、剪刀
技法：搓、压、捏、剪等
步骤：（如图）

1.用绿色和白色面团捏出莲蓬，用黄色面团塑出花蕊。

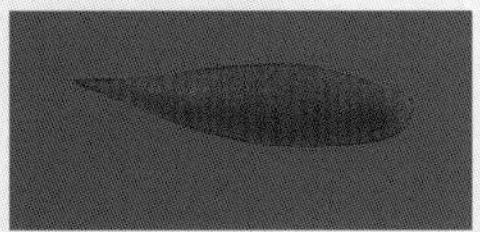

2.取一小块红色面团搓成锥形。

玉出荷花花瓣。

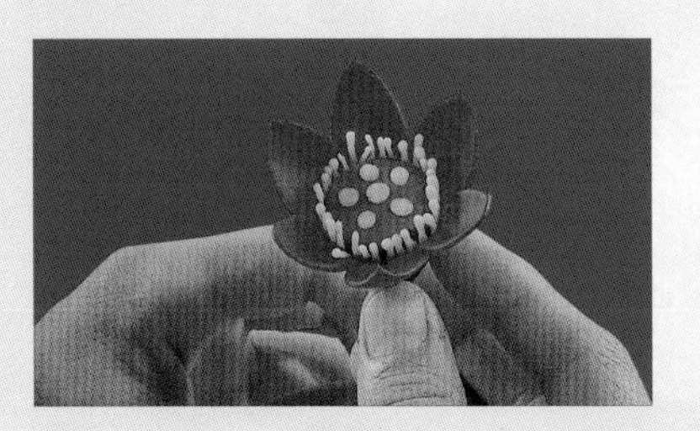

4.压出内层其它花瓣，包裹于莲蓬之上。

5.塑出外层花瓣，对花冠进行修饰。

黄河绝恋

原料：红色、黄色面团
工具：拨子、压板、竹签
技法：搓、压、贴、镶等
步骤：（如图）

1.取一小块红色面团捏成花托。

2.将黄色面团搓捏成卵形后压成椭圆形花瓣。

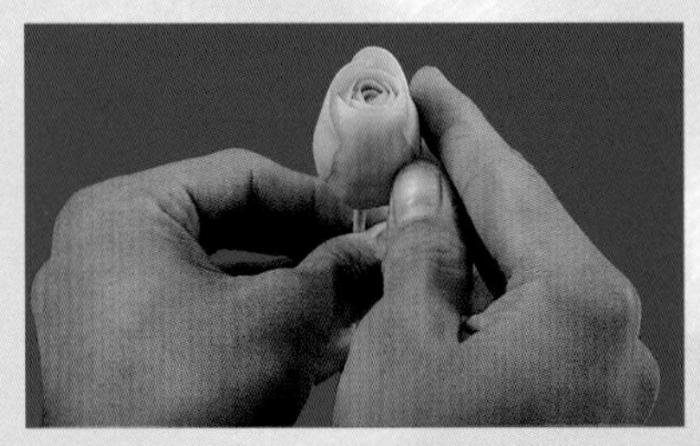

3.将花瓣由小到大、由内向外包裹粘贴。

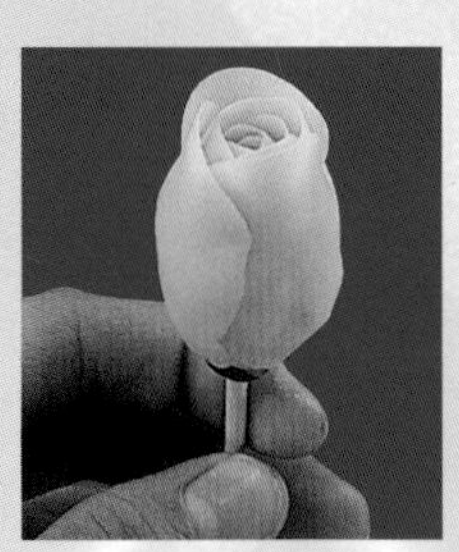

4.将花瓣外沿向外翻卷，以使花冠形态更加逼真。

一枝独秀

原料：黄色面团
工具：压板、竹签、拨子
技法：搓、捏、压、贴等
步骤：（如图）

1.取黄色面团捏出花托。

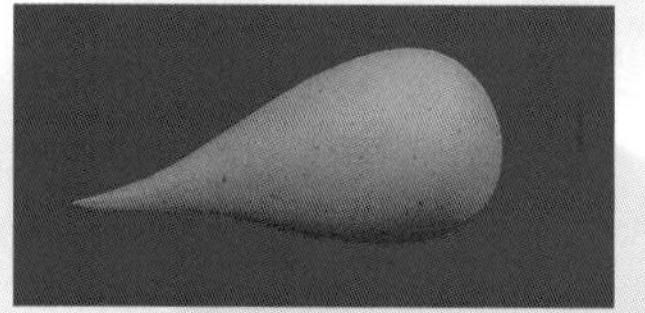

2.另取黄色面团搓成一头尖一头圆的水滴形。

3.用压板压出尖圆形花瓣。

4.由内向外每层六片贴塑出第一、二、三层花瓣。

5.塑出第四、五、六层花瓣。

6.塑出第七、八层花瓣，对花冠进行修整后与冬青组合。

第二节　禽鸟造型塑造

面塑禽鸟一般按身体 → 头部 → 羽毛 → 爪的步骤制作，身体，要根据各类禽鸟骨骼结构和流线型的形体特征，选用与体色最为接近的面团进行塑造；头部，由嘴、眼和冠羽、肉垂等部位构成，其中嘴有尖、钝、扁、钩、直之分；羽毛，由颈部羽毛、身体羽毛、翅膀羽毛、尾部羽毛组成，要按先尾后颈、先飞羽后覆羽的顺序塑造；鸟的翅膀有尖形（雨燕类）、圆形（鹌鸡类）、细形（信天翁类）、宽形（鹰、鹫类）等几种类型，动态有合并、张开、半开半合三种；鸟的尾有楔尾、平尾、圆尾、凸尾、凹尾、燕尾、铗尾之分；鸟的爪有离趾足（雀类、鹰类）、对趾足（鹦鹉类）、半蹼足（鹤类）、全蹼足（鸭、鹅类）、瓣蹼足（鸵鸟类）等多种。（具体图示请参阅《食品雕刻教与学——禽鸟造型》）

原料：红色、黄色、绿色、白色、黑色面团
工具：拨子、压板等
技法：搓、压、捏、镶等
步骤：（如图）

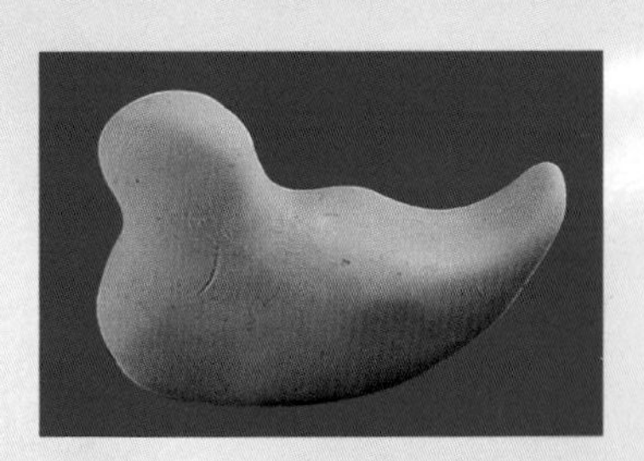

1.捏出鸳鸯身体大坯。

2.塑出扁平状鸳鸯嘴部。

3.塑出头部冠羽和颌下针状羽毛。

4.贴出胸腹和背部花条。

5.压出小覆羽、中覆羽、飞羽、尾羽、相思羽，粘贴镶嵌出翅膀和尾部。

双喜同心

锦绣前程

原料：红色、黄色、绿色、黑色面团

工具：拨子、剪刀、压板等

技法：搓、捏、压、贴、镶、剪等

步骤：（如图）

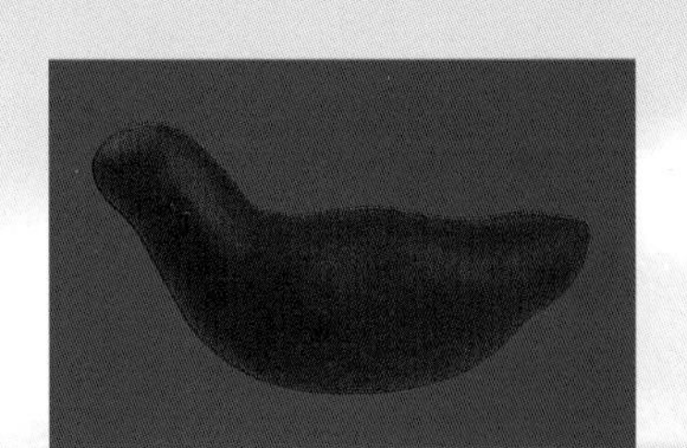

1.取红色面团捏出锦鸡身体大坯。

2.压出虎纹状头颈部羽毛，捏出头部冠羽。

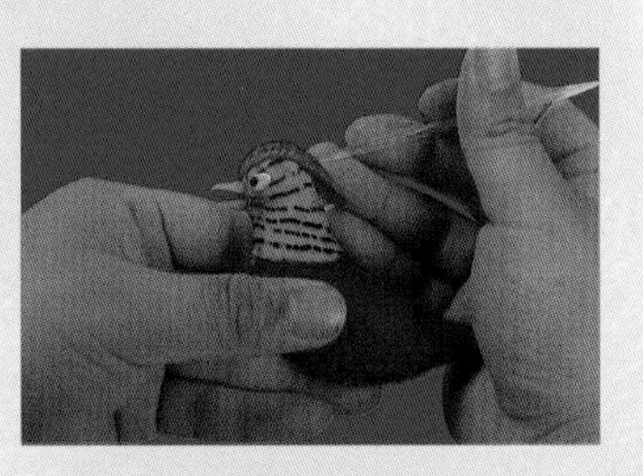

3.镶上冠羽、颈羽，塑出嘴、眼。

4.剪压出尾部，并将身体组合。

5.塑出翅膀及尾上覆羽。

绚丽生活

原料：红色、黄色、绿色、白色面团
工具：压板、竹签、拨子、碗子
技法：搓、捏、压、贴、镶等
步骤：（如图）

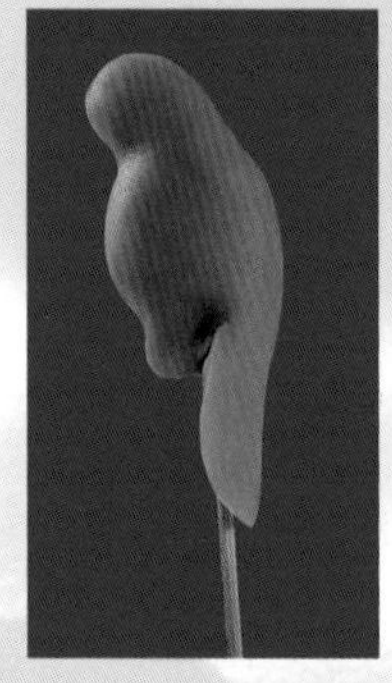

1.取绿色面团捏出鹦鹉身体大坯。

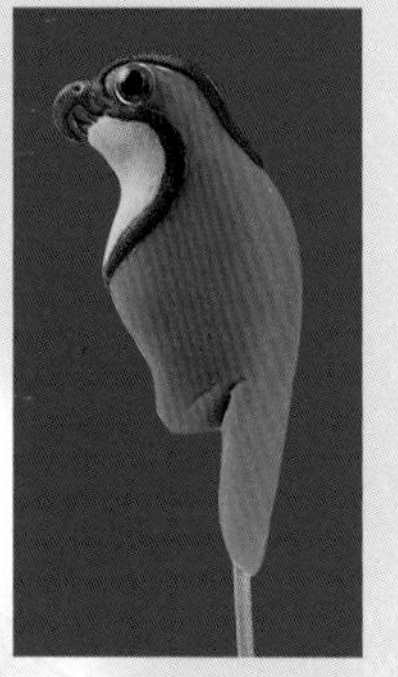

2.用粉红色面团捏出勾状短嘴。

3.用黄色面团塑出头部冠羽。

4.塑出尾羽及尾上覆羽。

5.塑出翅膀，组合即可。

原料：红色、黄色、绿色、白色面团
工具：竹签、压板、拨子、碌子
技法：搓、压、捏等
步骤：（如图）

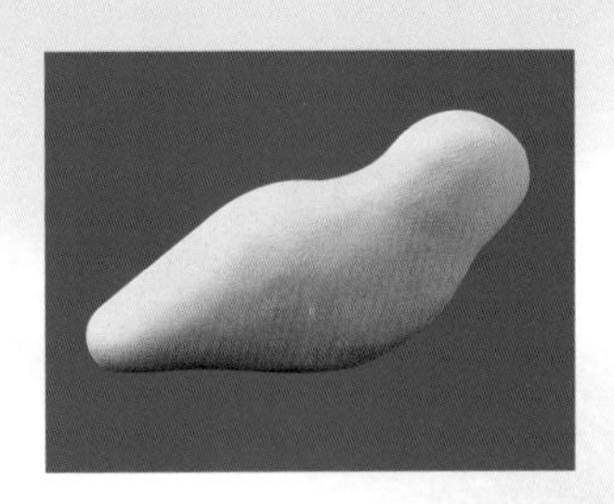
1.用白色面团塑出翠鸟身体大坯。

2.用红色面团塑出鸟嘴和腹部，用绿色面团塑出背部。

3.塑出翅膀、尾、爪。

4.塑出另外一只飞翔的翠鸟与之组合。

第三节 哺乳动物造型塑造

面塑哺乳动物一般按头颈 → 躯干 → 四肢 → 尾的顺序制作，哺乳动物分食肉、食草、杂食三大类别，食肉性哺乳动物大都体长颈短、口大牙锋、咬肌发达、面相凶猛，面塑中常用的有狮、虎、豹等；食草性哺乳动物大都腿颈较长、口小牙平、头呈长方、面相温顺、有些生角，可分奇蹄目和偶蹄目两种，面塑中常用的有牛、马、鹿、羊等；杂食性哺乳动物主要指猴类和鼠类等，面塑中应用较少。(具体图示请参阅《食品雕刻教与学——哺乳动物造型》)

熊猫戏竹

原料：黑色、白色、绿色面团

工具：拨子、碗子

技法：捏、镶、挑、压等

步骤：（如图）

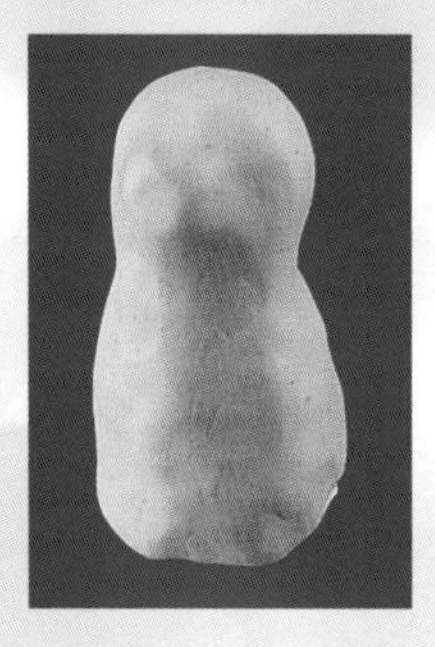

1.用白色面团塑出熊猫身体大坯。

2.用黑色面团塑出熊猫的眼、鼻、嘴、耳。

3.塑出熊猫的上肢。

4.塑出熊猫的下肢，与绿竹、假山石组合。

第四节　人物造型塑造

面塑人物一般按头部 → 肢体 → 服饰的步骤制作完成，面塑人物造型的制作需
要了解运动解剖、历史传说、民族习俗等方面的知识。（具体图示请参阅《食品雕刻教
与学——人物造型》）

一、头部塑造

面塑中对脸部造型的刻划，称为开脸，其先后顺序为：挑鼻 → 镶眼 → 贴眉 →
压口 → 捏额（下额） → 裹发 → 塑耳。

"人则先面，面则先鼻"这是人物雕塑的共同原则，鼻子由鼻翼、鼻梁、鼻尖球面
中隔、鼻孔组成，呈楔形状，位于面部中央，其长度约为头长的1/3，属于上、中、
三停中的中停。塑造时主要运用雕塑刀的挑、压、镶、嵌和摄子的夹、捏来完成，
键是要根据人物年龄、身份、性别和面部表情的不同和鼻唇沟深浅、鼻尾纹长短的
化进行塑造。

眼睛是心灵的窗口，是面部表情最传神的部位，由上眼睑、下眼睑、瞳孔、眼
等部位组成，为不规则的杏仁状。我国传统美学认为人面为五眼宽，制作过程一般
用肤色面团捏出头部初坯，再用面塑雕刀于鼻梁上方两侧挑出眼窝和上眼睑，根据
窝长短和深浅，嵌入白色面团制作的眼球和黑色面团制作的眼珠，推挤出下眼睑，
后用黑色面团搓成细丝，做成睫毛和眉毛。眼睛的塑造关键在于神韵的刻划，要通
眼神表现出人物的内心世界。

口由上嘴唇、下嘴唇、口裂线、人中、嘴角组成，制作时先用面塑雕刀切出口
线，将上嘴唇压成M状，下嘴唇压成W状，最后压出嘴角和人中即可。口的制作关
在于表现喜、怒、哀、乐时，上、下唇的夸张变形及嘴角的开合程度。

头发的塑造一般先将黑（白）色面团压成片状或搓成长条状，再用木梳压出发丝
最后按不同发式特征进行包裹和盘拧。

耳由外耳轮、内耳轮、对耳屏、耳屏、耳甲腔和耳垂构成，外形酷似问号，在
神仙、罗汉塑造时应尽量将耳垂做得肥大些。

二、添加肢体

面塑人物肢体一般按颈部 → 上身 → 下肢 → 上肢的顺序制作。开脸完成后
取适量本色面团紧贴头部捏出颈、胸、腰、腹；另取本色面团搓成两头略尖的粗条，
尖端上折90°，捏塑出左、右脚，再从中间对折，紧贴腹部塑出髋部和双腿；再另
肤色面团搓成两头略尖的粗条，用塑刀和剪刀塑出双臂和双手，在颈和胸间塑出肩部
肢体添加完后，以"站七坐五盘三半"的形体要求对肢体进行调整。

三、着衣饰物

面塑人物服饰一般按衬衣 → 土裙 → 腰裙 → 衣袖 → 环佩 → 风带的顺序
作，先将白色或其它浅色面团捏成薄片，塑出衬衣和土裙；另取彩色面团压塑出上衣
腰裙和前袖，最后做出大带、小带、风带、环佩或其它饰物。服饰的塑造难点是根
人体运动规律、人物身份、历史朝代、民俗风情、衣料质地、外力牵拉等因素，准
合理地做出运动衣纹、外力衣纹、形体衣纹、面料衣纹。

原料：粉红色、黄色、绿色、白色面团
工具：竹签、压板、拨子、碌子
技法：搓、压、捏等
步骤：（如图）

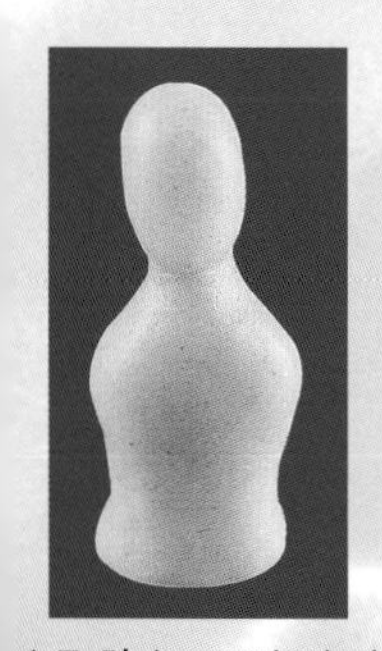

1.取肤色面团捏出头部大坯。

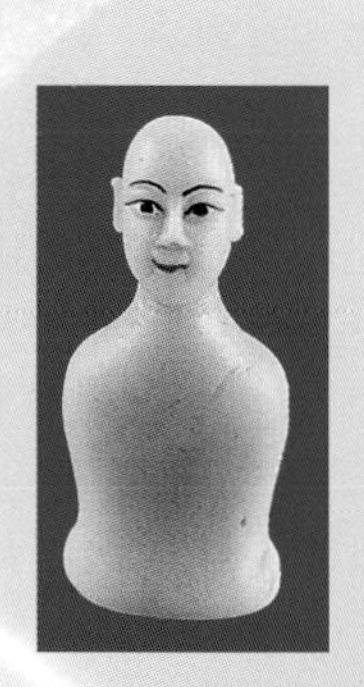

2.塑出眼、耳、鼻、眉。

3.用黑色面团塑出仕女的头发。

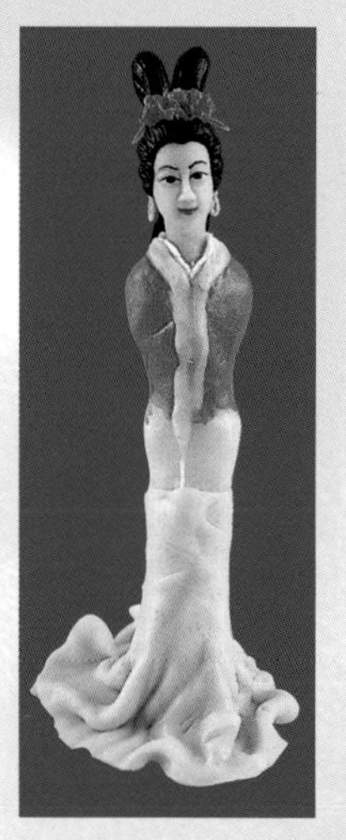

4.分别用黄色和粉红色面团塑出仕女的土裙和上衣。

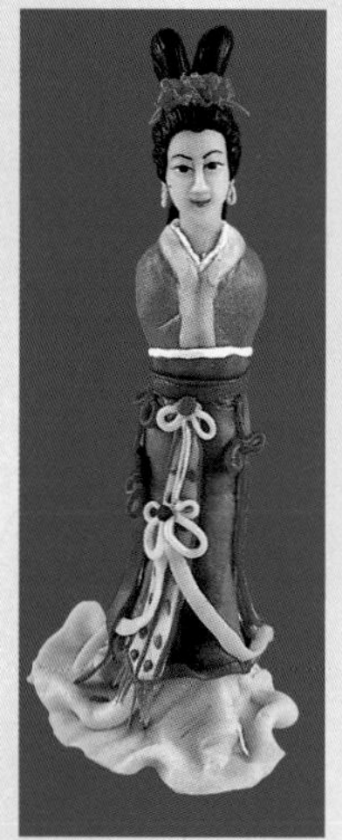

5.塑出仕女的腰裙、环佩及小带，最后塑出水袖、双手、风带即可。

寿星

寿比南山

南极仙翁

福如东海

原料：黑色、白色、绿色等颜色面团
工具：拨子、碗子
技法：捏、镶、挑、压等
步骤：（如图）

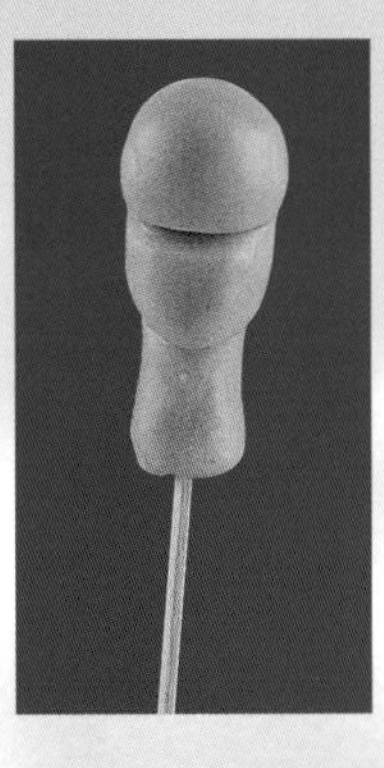

1.取肤色面团捏出头部大坯。

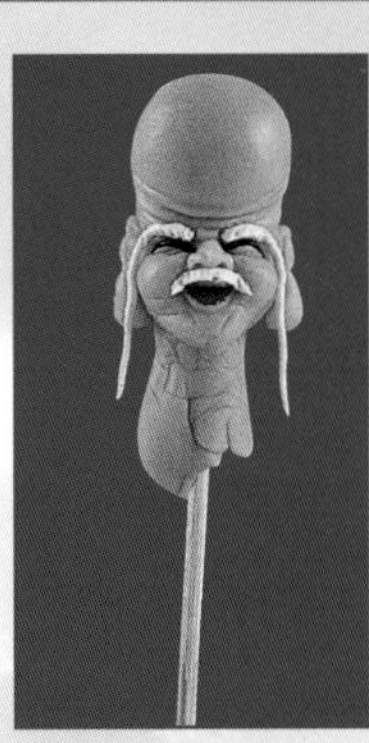

2.塑出眼、眉、鼻
耳、嘴。

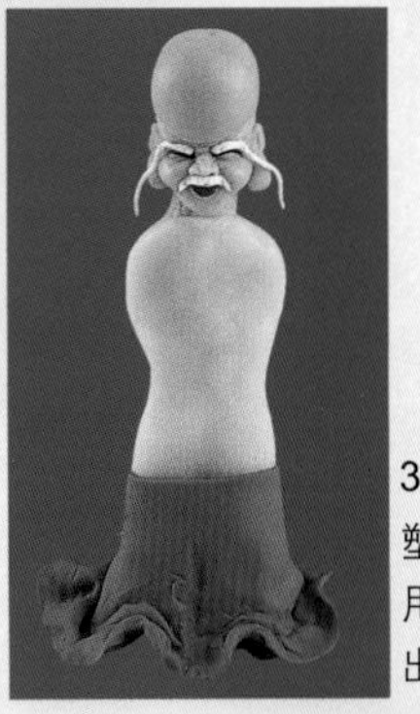

3.用白色面团塑出身体大形，用蓝色面团塑出土裙。

4.塑出鞋、腰裙、饰带、小带及衬衣，塑出水袖及上衣。

5.用白色面
塑出胡须及
发，最后塑
寿桃、双手
仗、风带即

第三章　面塑造型作品精选

◆ 天姿国色

◆ 俏也不争春

丽色馨香

家和事兴

◆ 四季平安

◆ 姿色俱丽

◆挺秀英姿

◆飞珠散霞

◆ 缤纷时节

◆ 群芳争艳

◆ 心语

◆ 脉脉含情

◆ 金凤展翅

◆ 父与子

◆ 高瞻远瞩

◆ 情有独钟

◆ 媲美

◆ 二龙争珠

◆ 天马行空

◆ 家

◆ 协奏曲

◆ 憩

◆ 搬家

◆ 硕鼠

◆ 路路平安

◆ 斗智

◆ 一脉相承

◆ 瞧这一家子

◆ 金玉满堂

◆ 我们要生存

福寿双全

◆ 祝寿图

◆ 拐李醉酒

◆ 伏虎罗汉

◆ 降龙罗汉

◆ 长眉罗汉

◆ 暇意罗汉

◆ 卧薪尝胆

◆ 梅妃踏雪

◆ 鹊桥相会

◆荷花仙子

◆女娲造人

◆ 扑蝶

◆ 弄玉吹箫

◆ 南海观音

◆ 天女散花

二郎神

◆ 关公

◆ 钟馗

◆ 吉庆有余

◆ 宝丰财聚

◆ 富寿如意万年喜

◆ 福寿有余

◆ 拔萝卜

◆ 福寿三多

◆ 三个和尚

◆ 满面春风

◆ 一团和气

◆ 富增贵子

◆ 事事如意

◆ 二蟹传胪

◆ 别有洞天

◆ 福在眼前

◆ 过年啦

◆ 牧童

丰收有望

花开富贵

硕果累累

佳人有约

◆ 锦上添花

◆ 南国翠竹

◆ 龙舟竞渡

◆ 白鹤亮翅

◆ 鲲鹏展翅

◆ 富贵祥和

◆ 喜鹊登檐

◆ 松鹤延年

◆ 鸳鸯戏水

◆ 凤戏牡丹